Paloma

úrscéal don fhoghlaimeoir fásta

Pól Ó Muirí

D1470666

ff

Comhar Teoranta
5 Rae Mhuirfean, Baile Átha Cliath

Tá Comhar faoi chomaoin ag Bord na Leabhar Gaeilge as tacaíocht airgid a chur ar fáil le haighaidh foilsiú an leabhair seo.

Bhuaigh Paloma an chéad duais ag Oireachtas 2000 sa chomórtas Ábhar Léitheoireachta don Fhoghlaimeoir Fásta.

Foilsithe ag Comhar Teoranta, 5 Rae Mhuirfean, Baile Átha Cliath 2.

ISBN 0 9526306-7-2

Leagan amach: Graftrónaic
Léaráidí: Neil Breen

Do

Ultán agus Aoife

san am atá le teacht

Focal buíochais

Tá mé buíoch de mhuintir Comhar as cuireadh a fháil an leabhar seo a scríobh. Tá mé buíoch fosta de gach ball den choiste comhairleach a bhain leis an fhiontar agus a chaith idir am agus dhua leis. Tá súil agam go bhfuil siad sásta le toradh ár gcuid oibre.

Pól Ó Muirí
Achadh Gallán,
Meán Fómhair 2000

Leis an údar céanna:

Filíocht
Faoi Scáil na Ríona (Coiscéim, 1991)
Dinnseanchas (Coiscéim,1992)
Ginealach Ultach (Coiscéim, 1993)
Ábhar Filíochta (Coiscéim,1995)
D-day (Lagan Press, 1995)
Is Mise Ísmeáél (Lagan Press,2000)

Prós
Flight from Shadow – The life and work of Seosamh Mac Grianna (Lagan Press 2000)

Clár

Caibidil a hAon

Ar Patról

Nod don léitheoir: *Is bleachtaire sa Gharda Síochána í Paloma Pettigrew. Tá sí ar patról. Leanann sí Mac Giolla, mangaire drugaí, trí shráideanna Bhaile Átha Cliath. Cad é atá ar siúl aige?*

Bhí Paloma Pettigrew ag siúl go réidh fadálach. Bhí sí ag déanamh a díchill gan aird a tharraingt uirthi féin. Stop an fear roimpi. Stop sise. D'amharc sé isteach ar fhuinneog siopa. Bhí sé ag breathnú go dian ar na hearraí a bhí san fhuinneog. D'amharc sise isteach ar fhuinneog an tsiopa a bhí in aice léi. Bhí fóin phóca ar díol ann. Bhí gach sórt fóin ann. Bhí cuid de na fóin chomh beag sin go mbeadh eagla ort go gcaillfeá iad, a smaoinigh sí. D'amharc sí go staidéartha orthu ach, ag an am céanna, choinnigh sí súil ghéar ar an fhear. Bhí an chuma air nach raibh deifir ar bith air. Bhí sé ag stánadh isteach ar an fhuinneog go fóill. Rinne sé moill bheag eile agus ansin chuaigh sé ar a bhealach arís.

---

fadálach – *slowly*
ag déanamh a díchill – *doing her best*
rinne sé moill bheag – *he delayed a little*

1

D'amharc sise isteach ar fhuinneog an tsiopa a bhí in aice léi.

Lig sí osna. Ní fhaca sé í. Ní fhaca go fóill ar aon nós. Go maith. Rinne sí féin moill bheag sular lean sí é. Go réidh fadálach gan aird a tharraingt uirthi féin. Bhí imní uirthi. Bhí imní i gcónaí uirthi ar ócáidí den chineál seo. Bhí sé an-tábhachtach súil a choinneáil ar an amhrasán. Bhí sé chomh tábhachtach céanna nach bhfeicfeadh an t-amhrasán tú. Dá bhfeicfeadh, bheadh an cluiche caillte. D'éalódh sé leis agus bheadh deireadh leis an chás.

Dá mbeadh deireadh leis an chás, ní bheadh an cigire sásta. Mura mbeadh an cigire sásta, ní bheadh an sáirsint sásta. Mura mbeadh an sáirsint sásta, bheadh daor uirthi féin. Thiocfadh léi é a chluinstin: "Rinne tú praiseach den chás. Deir tú gur bleachtaire tú. Amaidí. Níl ionat ach girseach bheag. Níor chóir dom muinín a chur ionat. Níor chóir dom tú a ligean amach as an oifig. Bleachtaire?! Seafóid. Imigh leat amach as mo radharc."

Sea. Bheadh íde béil i ndán di dá ndéanfadh sí praiseach den chás. Sea. Dá ndéanfadh. Ach ní dhéanfadh. Bhí muinín ag Paloma aisti féin. Ba bhleachtaire í. Thuill sí an gradam le hobair mhór. D'oibrigh sí go crua. Chuir sí uaireanta fada uaigneacha isteach le traenáil bhreise. Ní dhéanfadh sí praiseach de.

Ní raibh an fear seo cúramach. Bhí sé ag siúl leis ar nós cuma liom. Ach bhí a fhios aici go raibh coinne aige le fear eile – Ollannach. Nuair a bhuailfeadh sé leis an Ollannach, bhaileodh sé beart. Nuair a bhaileodh sé an beart, ghabhfaí é. Sin an plean. Ach b'éigean di fanacht go mbuailfeadh sé leis an Ollannach.

Bheadh sí an-sásta an fear seo a ghabháil. Mangaire drugaí a bhí ann. Bhí fuath aici do mhangairí drugaí. Ba bhithiúnaigh iad. Ba dhaoine iad a d'éirigh saibhir ar

amhrasán – *suspect*
cigire – *inspector*
praiseach – *mess*
bleachtaire – *detective*

íde béil – *verbal abuse*
bhí muinín aici aisti féin – *she had confidence in herself*
mangaire drugaí – *drugs dealer*

dhaoine laga éigiallta. Ba dhaoine iad a bhí freagrach as coireanna uafásacha. Ní thiocfadh léi cur suas leo. Ba chóir gach duine acu a chur faoi ghlas. Bheadh sí breá sásta an fear seo a chur faoi ghlas.

Fear óg a bhí ann. Jimmy Mac Giolla an t-ainm a bhí air. Bhí sé sna fichidí luatha. Fiche a dó an aois a bhí ina chomhad. Bhí sé beagán níos lú ná sé troithe in airde. Bhí gruaig rua air. Bhí a shúile gorm. Ní raibh an chuma air gur nós leis mórán a ithe mar bhí sé iontach tanaí. "Chomh caol le cú" a déarfadh a máthair mhór, "chomh caol le cú."

Ach bhí sé saibhir. Bhí a fhios ag Paloma go raibh sé saibhir. Bhí BMW nua sa gharáiste aige. Bhí bráisléad óir ar chaol a láimhe aige. Cheannaíodh sé a chuid éadaí sna siopaí is faiseanta. Bhí airgead mór – fortún beagnach – déanta aige as drugaí. Dhíoladh sé iad sna clubanna oíche sa chathair. Bhíodh sé an-ghnóthach ag an deireadh seachtaine.

Chaith sí deireadh seachtaine amháin á leanúint thart ó chlub go club. Ba léir di cad é a bhí ar siúl aige. Ba léir go raibh sé ag díol. Ba léir go raibh aithne ag daoine óga air. Chonaic sí iad ag teacht a fhad leis. Chonaic sí iad ag cur ceist go ciúin air agus eisean ag cur a láimhe ina phóca agus beart beag á thabhairt amach aige. Thugadh na déagóirí airgead dó. Thugadh seisean an beart dóibh. Bhí sé chomh simplí sin. Dhéanadh sé brabús mór gach oíche.

Chuir sé frustrachas ar Phaloma nach raibh cead aici é a ghabháil láithreach. "Fan go fóill beag," an t-ordú a tugadh di. "Fan go fóill beag." Maith go leor. D'fhanfadh sí. Ach bheadh sí sásta nuair a bheadh an cás thart. Bheadh sí sásta é a fheiceáil faoi ghlas.

éigiallta – *senseless*
brabús – *profit*

Bhí áthas uirthi nach bhfaca sé go fóill í. Bhí sí á leanúint le dhá uair an chloig. Ní raibh rud ar bith as an ghnách déanta aige. Rinne sé beagán siopadóireachta i lár na cathrach. Cheannaigh sé uaireadóir nua. Chonaic sí é ag teacht amach as an siopa. Tharraing sé an t-uaireadóir amach as an bhosca agus chuir sé ar chaol a láimhe é. Uaireadóir óir a bhí ann. Bhí an chuma air go raibh sé an-chostasach. D'amharc sé ar a bhronntanas nua. Ba léir go raibh bród air as. Chaith sé an bosca folamh ar an tsráid. Chuir sin fearg uirthi. Bhí fonn uirthi a rá leis: "Cuir an bruscar sa channa bruscair."

Chaith sé beagnach uair go leith i siopa éadaí ach níor cheannaigh sé rud ar bith. Chonaic sí é ag méarú na n-éadaí ar fad. Thiocfadh leis gach rud sa siopa a cheannach dá mba mhian leis é. B'fhéidir nach raibh fonn air mála a iompar. Bhí coinne tábhachtach aige – coinne leis an Ollannach.

coinne – *appointment*

Caibidil a Dó

I bPonc

Nod don léitheoir: Tá fadhb ag Paloma. Feiceann Mac Giolla í. Cad é a tharlóidh don chás?

Bhí Mac Giolla ag amharc uirthi. Stad sé go tobann. Thiontaigh sé thart agus bhí sé anois ag stánadh uirthi. Stad Paloma. Bhí a fhios aici láithreach go raibh sí i bponc. Cad é a dhéanfadh sí? Cad é a dhéanfadh seisean? Bhí a shúile sáite inti. D'oscail sé a bhéal agus labhair sé léi: "Cad chuige a bhfuil tusa do mo leanúint?" D'amharc Paloma air agus cuma bhómánta uirthi. Labhair sé arís agus chuir sé an cheist chéanna: "Cad chuige a bhfuil tusa do mo leanúint?" Bhí scaoll ar Phaloma. Bhí sí i bponc. Abair rud éigin ciallmhar leis, a dúirt sí léi féin. Labhair sí os ard: "Tá dul amú ort. Ní fhaca mé riamh thú. Tá mé amuigh ag siopadóireacht. Sin uilig."

Tháinig sé chuici agus d'amharc uirthi go géar. Bhí Paloma an-mhíchompordach agus é ag amharc uirthi mar seo. "Is garda tú," a dúirt sé agus iontas ina ghlór.

6

i bponc – *in trouble*
cuma bhómánta – *vacant look*
scaoll – *panic*

"Is garda tú."

"Amaidí," a dúirt sí. "Is siopadóir mé. Tá mé amuigh ag siopadóireacht don lá. Imigh leat anois nó cuirfidh mé fios ar na gardaí."

Ach bhí sé imithe sula raibh na focail as a béal. Bhí sé ag rith ar nós na gaoithe. Don dara huair an lá sin baineadh preab as Paloma. Cad chuige a raibh sé ag rith? Níor ghá dó rith. Ní raibh rud ar bith déanta as cosán aige. Nó an raibh? Bhuail an smaoineamh í mar a bheadh splanc tintrí ann. Bhí drugaí ina sheilbh aige. Bhí sé ag iompar drugaí. Sin an fáth ar rith sé. Bhí eagla ar Mhac Giolla go ngabhfadh sí é.

Lig Paloma mionn mór agus thosaigh sí féin a rith. Bhí aon seans caol amháin aici nach gcaillfeadh sí a post mar bhleachtaire. Aon seans caol amháin - é a ghabháil agus a raibh de dhrugaí aige a fháil. Shásódh an méid sin féin a ceannairí – b'fhéidir.

Thóg sí raidió beag as a póca agus scairt isteach ann: "Chonaic sé mé agus tá sé ar shiúl leis síos Bóthar an Rí. Tá mé sa tóir air. Tá cuidiú de dhíth orm láithreach." Sháigh sí an raidió ar ais ina póca. Shamhlaigh sí cad é a déarfadh na ceannairí nuair a chluinfeadh siad an mhír nuachta seo. Bheadh siad ar buile. Bheadh siad ar buile glan. Thiocfadh léi iad a chluinstin ag stealladh mionna móra. "Damnú ar an chailín sin. Níl sí ábalta an jab a dhéanamh."

"Cailín" a thug siad i gcónaí uirthi. In ainneoin gur bean fhásta aibí í. Ní fhaca siad gur dhuine í. D'amharc siad uirthi agus chonaic siad bean óg, gruaig dhubh, súile liatha, colainn thanaí. Cailín. Ní bleachtaire. Bhuel, ní raibh an cath seo caillte go fóill ag an chailín.

---

splanc tintrí – *flash of lightning*   mionn – *curse*
aibí – *mature*

Bhí sí ag rith go mear anois. Bhí Mac Giolla roimpi. Ní raibh sé chomh folláin sin. Ba léir an méid sin. Bhí an rith ag cur crua air. Barraíocht oícheanta amuigh i gclubanna, a dúirt Paloma léi féin. Bhí sí sásta ina hintinn go dtiocfadh sí a fhad leis ar ball. Ní raibh sé inchurtha léi mar lúthchleasaí. Thaitin lúthchleasaíocht de gach aon chineál léi ó bhí sí an-óg. D'imir sí cispheil ar scoil. Ach thar aon rud eile ba bhreá léi rith. Ní chuirfeadh sé isteach ná amach uirthi cúig chiliméadar a rith gach lá. Leoga, thaitin a leithéid léi. Bhíodh gruaim uirthi mura bhfaigheadh sí deis dul amach san oíche agus rith. D'fhaigheadh sí réidh de strus an lae san aclaíocht. Gheobhadh sí greim ar Mhac Giolla. Ní raibh ann ach ceist ama.

D'aithin Mac Giolla go raibh sí ag tarraingt air. D'aithin sé nach raibh sé chomh gasta léi. Airsean a bhí an scaoll anois. Rith sé amach os comhair na gcarranna a bhí ar an bhóthar. Ba bheag nár maraíodh é. Chuala Paloma coscáin na gcarranna ag screadach. Chonaic sí na tiománaithe agus iad ag croitheadh a ndorn ar Mhac Giolla. "Amadán," a dúirt fear amháin acu. "Amadán déanta."

Lean Paloma Mac Giolla. Bhí sí féin ag scairteadh ar na coisithe a bhí ar an tsráid. "Fág an bealach. Amach as mo chosán. Garda. Imigh leat." Thiontaigh daoine thart agus d'amharc uirthi le hiontas. Cérbh í an bhean óg seo? Garda. Caithfidh gur magadh a bhí ann nó clár teilifíse b'fhéidir. Ach lean Paloma léi. "Fág an bealach. Amach as mo chosán," agus í ag screadach in ard a cinn.

Cúpla coiscéim eile agus bheadh Mac Giolla aici. Ba léir go raibh sé tuirseach traochta. Bhí sé ag análú go

barraíocht – *too many*
strus – *stress*
aclaíocht – *exercise*
ag croitheadh a ndorn – *shaking their fists*

coisí – *pedestrian*
coiscéim – *step*
ag análú – *breathing*

Tharraing sé mála beag bán as a phóca agus chaith isteach san abhainn é.

trom. Bhí a chosa ag titim go trom ar an chosán. Cúpla coiscéim eile.

Is ag an phointe sin a tharla sé. Shiúil seanbhean amach sa bhealach uirthi. Níor chuala sí an rabhadh. Bhuail Paloma í agus leag ar an talamh í. Rinne sí iarracht éirí ach bhí an tseanbhean snaidhmthe inti. Bhí an tseanbhean ag mairgneach. "Cuidigh liom, cuidigh liom." Bhí coisithe eile ag tarraingt orthu anois. Bhí fearg orthu le Paloma. "Ba chóir duit bheith cúramach. Ba chóir duit bheith cúramach." Níor thuig siad cad é a bhí ar siúl. Níor thuig siad an obair a bhí idir lámha aici.

Bhí Paloma ina luí ar an talamh. D'amharc sí suas ar Mhac Giolla. Ní raibh sé ag rith níos mó. D'amharc sé síos uirthi agus rinne miongháire mailíseach. Chuala sí carranna gardaí ag tarraingt ar an láthair. Chuala Mac Giolla iad. Rinne sé miongháire mailíseach eile. Labhair sé léi: " Ba cheart dom bheith ag rith níos minice. Tá mé as cleachtadh. Ach ní gá dom bheith buartha anois."

Tharraing sé mála beag bán as a phóca agus chaith isteach san abhainn é. Ansin thiontaigh sé thart ar a sháil agus shiúil leis ar nós cuma liom. Bhí sé saor. Ní raibh sé ag iompar drugaí níos mó. D'amharc Paloma ar an phacáiste beag ag titim isteach san abhainn. Bhuail sé an t-uisce, d'fhan ar snámh ar feadh bomaite. Ansin chuaigh sé síos faoi na tonnta dorcha. Bhí na drugaí imithe. Bhí Mac Giolla imithe. Bhí a slí bheatha mar bhleachtaire imithe.

rabhadh – *warning*
snaidhmthe – *entangled*
ag mairgneach – *wailing*
mailíseach – *malicious*

Caibidil a Trí

An Bealach Caol

Nod don léitheoir: Tá Paloma lonnaithe faoin tuath anois. Tá sí ina cónaí i mbaile beag, An Bealach Caol. An bhfuil deireadh lena saol mar phóilín?

An Bealach Caol an t-ainm a bhí ar an sráidbhaile. Bhí sé furasta a fheiceáil cad chuige ar tugadh an t-ainm sin air. Idir na sléibhte a bhí an baile lonnaithe agus gan ach an t-aon phríomhbhóthar ann, bóthar a chuaigh siar agus soir. Bhí mionbhóthar eile ann a thriall ó thuaidh agus ó dheas. Ba dheacair 'bóthar' a thabhairt air. Cuireadh tarmac air fadó fadó ach bhí sé lán le poill faoin am seo. D'imigh an bóthar isteach sna sléibhte. Bhí fógra amháin ann ar a raibh: "Páirc an Aoibhnis: Láthair Charabhán agus Champála". Ar an sráidbhaile féin, ní raibh le feiceáil ach séipéal, eaglais, sraith bheag tithe agus siopaí ar dhá thaobh an bhealaigh – tithe beaga a tógadh d'oibrithe feirme os cionn céad bliain ó shin agus siopaí: búistéir; bacús; nuachtánaí agus dhá theach tábhairne.

---

lonnaithe – *situated*

Fear toirtiúil a bhí in Ó Ceallaigh
Sárimreoir peile a bhí ann lá den saol.

Ní raibh aon ollmhargadh nó cógaslann san áit, rud a chuir iontas ar Phaloma. "Beidh orm dul go hÁth na hAbhann má bhíonn béaldath de dhíth orm," a dúirt sí léi féin go gruama.

Agus bhí gruaim uirthi. Níorbh fhada i ndiaidh na heachtra cois Life gur iarr an ceannfort uirthi teacht chuige. "Tá brón orm," a dúirt sé, "ach beidh ort aistriú siar. Ceann de na rudaí sin. Ná caill do mhisneach. Beidh lá eile ag an bPaorach." Chroith sé lámh léi agus thug ainm a stáisiúin nua di: An Bealach Caol. B'éigean do Phaloma léarscáil a fháil le teacht ar an áit.

Ní raibh ann ach fostáisiún beag sna sléibhte. Bhí sí freagrach as limistéar mór uaigneach tuaithe ina raibh roinnt bailte a bhí níos lú ná an Bealach Caol féin. Bhí uirthi scairt a chur ar sháirsint in Áth na hAbhann gach lá agus tuairisc a thabhairt. Bhí uirthi dul suas go hÁth na hAbhann uair amháin sa tseachtain le bualadh leis an sáirsint agus leis an bheirt ghardaí eile a bhí ar diúité sa stáisiún.

Ba léir go raibh trua an domhain ag an sáirsint di. An chéad lá a bhuail sí isteach chucu, rinne sé comhbhrón ó chroí léi. "Ná bíodh imní ort. Ní tharlaíonn mórán ansin ach tá na daoine deas cairdiúil – don chuid is mó," a dúirt an Sáirsint Ó Ceallaigh. Fear toirtiúil a bhí in Ó Ceallaigh. Sárimreoir peile a bhí ann lá den saol ach bhí sé tite chun feola faoi seo. Bhí a bholg rómhór dá bhríste. Beirt ghardaí óga a bhí sa phéire eile – Labhras Ó Múineacháin agus Peadar Mac Ádhaimh.

"Tá an chuma orthu go bhfuil siad díreach i ndiaidh teacht amach as an choláiste traenála," a smaoinigh Paloma léi féin. Ní dúirt siad rud ar bith léi. Ní raibh

ollmhargadh – *supermarket*
cógaslann – *pharmacy*
béaldath – *lipstick*
léarscáil – *map*

rinne sé comhbhrón léi –
he sympathised with her
toirtiúil – *large-sized; bulky*

fonn comhrá orthu. Chuala siad an drochscéal faoin óinseach seo de bhleachtaire, gan amhras. Bhí siad ag iarraidh í a sheachaint.

Bhí díomá ar Phaloma. An amhlaidh nach mbeadh cairde aici san fhórsa níos mó? Ní dúirt sí rud ar bith os ard. D'éist sí go múinte le caint an tsáirsint. Chuir sé síos ar a dualgais, ar an cheantar agus ar na daoine a thógfadh trioblóid.

Cur síos gruama a bhí ann. Bhí an áit beagnach bánaithe. Bhí ar na daoine óga triall ar Áth na hAbhann don scolaíocht dara leibhéal. An méid acu a lean den oideachas, chuaigh siad ar na hollscoileanna sna cathracha. Is chun na gcathracha fosta a chuaigh lucht na gceard. Ní raibh go leor oibre sa chontae leis an dé a choinneáil iontu.

Feirmeoirí beaga a bhí i mbunús na ndaoine. Agus ba iad na deontais ón Aontas Eorpach a choinnigh na feirmeoirí sin beo. Dá gcuirfí deireadh leis na deontais, bheadh deireadh leis na feirmeoirí. "Is féidir le daoine i mBaile Átha Cliath bheith ag maíomh as an Tíogar Ceilteach," arsa an sáirsint, "ach abhus anseo is é an seanscéal céanna é – níl an obair ann."

"Cad é faoi na ríomhairí?" a d'fhiafraigh Paloma, "tá tionscal na ríomhaireachta ag dul i neart gach aon áit. Nach dtiocfadh leis an Rialtas eastát ríomhaireachta a thógáil?"

"Ríomhairí?" a d'fhreagair Ó Ceallaigh le mífhoighne, "Tá ionaid ríomhaireachta ar na bailte. Ach ní hionann ríomhairí agus feirmeoireacht. Níl muinín ag na seandaoine as an teicneolaíocht nua. Is fearr leo a gcuid páirceanna."

14

óinseach – *a stupid person*
an dé a choinneáil iontu –
    to keep them alive

deontais – *grants*
ríomhairí – *computers*
mífhoighne – *impatience*

"Tá go leor de na daoine sean fosta. Ní thabharfaidh siad mórán trioblóide duit. Tá duine nó beirt ann atá antugtha don ól. Cuirfidh tú aithne orthu ar ball. Bí ciallmhar leo. Ní fiú duit trioblóid mhór a chur ort féin. A fhad agus nach mbriseann siad rud ar bith, lig leo. "Ná bac le mac an bhacaigh agus ní bhacfaidh mac an bhacaigh leat." Sin an mana is fearr sna cúrsaí seo."

"Ó, tá rud amháin ann. Tá teifigh lonnaithe sa champa carabhán sin i bPáirc an Aoibhnis. Coinnigh súil ghéar orthu sin."

"Teifigh?"

"Sea ón Bhoisnia, ón Rómáin agus ón Afraic. Chuir an Rialtas amach anseo iad mar nach raibh lóistín le fáil sna cathracha. Tá tuairim is daichead acu ann – fir, mná agus páistí. Gach aon choir a tharlaíonn sa réigiún seo, tógtar ar na teifigh iad. Shílfeá nach raibh coiriúlacht in Éirinn go dtí gur tháinig siad. Mar sin féin, tabhair cuairt ar an áit. Taispeáin dóibh go bhfuil tú abhus."

Gruaim a bhí uirthi nuair a d'fhág sí Ó Ceallaigh. Gruaim go raibh sí díbeartha as Baile Átha Cliath; gruaim go raibh sí lonnaithe faoin tuath; gruaim go raibh uirthi éide Gharda a chaitheamh arís eile. Bhí sí cleachtaithe le gnáthéadaí a chaiteamh mar bhleachtaire. Ach seo anois í ina seasamh ar shráid an Bhealaigh Chaoil, í faoi éide dhúghorm uair amháin eile. Ní raibh le feiceáil os a comhair ach páirceanna, sléibhte agus ceo.

Sea, bhí sí gruama – agus a ábhar sin aici.

---

mana – *motto*
teifeach – *refugee*
tógtar orthu – *they are blamed*
díbeartha – *expelled*
éide – *uniform*

deontas – *grant*
ríomhaire – *computer*
mífhoighne – *impatience*
teifeach – *refugee*
tógtar orthu – *they are blamed*

Caibidil a Ceathair

Trioblóid i bPáirc an Aoibhnis

Nod don léitheoir: *Tarlaíonn eachtra ar an láthair champála. Tá imní ar Phaloma faoi.*

Páirc an Aoibhnis an t-ainm a bhí ar an láthair champála. Bhí áiteanna ar an suíomh do charabháin agus do phubaill. Bhí an áit dubh le turasóirí sa samhradh. Ach an geimhreadh a bhí anois ann. Ní raibh turasóirí thart faoi láthair. Bhí na carabháin ligthe ar cíos do theifigh.

Bhí an áit iontach gruama an t-am seo den bhliain. Bhí an fhearthainn ag titim go trom nuair a bhain Paloma an áit amach. Bhí sé an-dorcha. D'amharc sí amach fuinneog an chairr. Áit an-ghruama a bhí ann, a dúirt sí léi féin. Bhí drogall uirthi an carr a fhágáil. Rinne sí moill bheag.

"Fanfaidh mé go dtí an lá amárach," a dúirt sí léi féin. "Tiocfaidh mé ar ais nuair a bheidh an fhearthainn

ar cíos – *rented*
an fhearthainn – *rain*
bhí drogall uirthi – *she was reluctant*

Chuir sí a caipín ar a ceann. Rith sí anonn go dtí na carabháin.

thart." Bhí sí ag déanamh réidh le himeacht nuair a chuala sí scairteach. Tháinig bean óg agus fear meánaosta amach as carabhán. Ba léir go raibh siad corraithe go mór. Ba léir go raibh an-fhearg orthu. Thiocfadh le Paloma an screadach a chluinstin gan deacracht ar bith. Bhí an rogha déanta di anois. Bhí uirthi dul amach faoin fhearthainn – agus go gasta.

Chaith sí doras an chairr ar oscailt agus léim amach. Chuir sí a caipín ar a ceann. Rith sí anonn go dtí na carabháin. Bhí fear féasógach agus bean óg ag troid. Bhí siad ag béiceach in ard a gcinn. Níor thuig Paloma a gcuid cainte ar chor ar bith. Ba theifigh iad na daoine seo – bhí a fhios aici sin. Ní fhaca siad Paloma ag teacht in aice leo.

Bhí an bhean óg agus fear na féasóige i bhfostú ina chéile. Bhí fearg mhór ar an bhean óg. Ise is mó a bhí ag screadach. Níor thuig Paloma an chaint. Ach d'aithin sí an fhearg. Ní raibh eagla ar an bhean óg roimh an fhear. Ba léir gur ise a bhí ag déanamh ionsaí airsean. Bhí an fear ag iarraidh éalú. Ach ní ligfeadh an bhean óg dó. Bhrúigh Paloma í féin chun tosaigh. "Stadaigí, stadaigí láithreach," a dúirt sí de ghlór ard. "Stadaigí anois. Láithreach."

Bhain sí preab as an bheirt a bhí ag troid. Go maith, a smaoinigh sí léi féin. Ní fada go mbeidh siad faoi smacht agam. D'amharc an fear meánaosta uirthi. Tháinig scaoll ar Phaloma. Ba léir go raibh fuath aige di. Chuir sé cár air féin. Ní raibh eagla ar an bhean óg. Bhí sise ag scairteach go fóill ar an fhear.

"Bí ciúin,"a dúirt Paloma léi. "An dtuigeann tú mé? Bí ciúin. Anois. Láithreach."

D'amharc an bhean óg uirthi. Bhí sí idir dhá

corraithe – *excited*
i bhfostú ina chéile – *entangled in each other*

faoi smacht – *under control*
cár – *grimace*

chomhairle. Labhair Paloma arís: "Bí ciúin." Stad an bhean óg den scairteach. Thiontaigh sí thart chuig an fhear meánaosta. Bhagair sí méar air agus dúirt rud éigin os ard. Lig an fear gnúsacht as féin. Bhagair seisean méar uirthise agus dúirt aon fhocal amháin.

Phléasc an bhean amach ag scairteach arís. Bhog Paloma isteach le í a chiúnú. Thapaigh an fear an deis. A fhad agus a bhí Paloma gnóthach leis an bhean, d'imigh seisean i ngan fhios. As cúinne a súl chonaic Paloma ag imeacht é. Ach ní thiocfadh léi é a stopadh. Bhí an bhean ag scairteach os ard. Bhí sí ar an daoraí. Fuair Paloma greim uirthi. "Bí ciúin, bí ciúin. Inis dom cad é atá ag tarlú. Inis dom cad é atá ag tarlú. An dtuigeann tú mé? An dtuigeann tú mé?"

Stad an bhean óg den scairteach. "Tuigim go maith. Níl aon rud ag tarlú."

"Níl aon rud ag tarlú?" a dúirt Paloma agus iontas uirthi. "Cad chuige a raibh tú ag troid leis an fhear sin?"

"Ní raibh muid ag troid. Ní raibh ann ach easaontas beag."

"Chonacthas domsa go raibh sibh ag troid."

"Ní raibh an ceart agat."

"Thiocfadh liom tú a ghabháil."

"Bheifeá ag cur do chuid ama amú," a dúirt an bhean óg.

Bhí iontas ar Phaloma. Ní raibh eagla ar an bhean roimpi. Bhí sí an-mhuiníneach. Thriail sí uair amháin eile:

"Cad é an t-ainm atá ort?"

Bhí moill ar an bhean óg freagra a thabhairt.

Chuir Paloma an cheist arís: "Cad é an t-ainm atá ort?"

---

idir dhá chomhairle – *undecided*
bhagair sí – *she threatened*
gnúsacht – *snort*

thapaigh sé an deis – *he availed of the opportunity*
ar an daoraí – *ina rage; infuriated*

"Marika Kovac," a d,fhreagair sí.

"Is teifeach tú?"

"Is saineolaí ríomhaireachta mé atá díbeartha as mo thír féin," a d'fhreagair sí.

"Tuigim. Ach is teifeach tú. Níl cead agat an dlí a bhriseadh. Thiocfadh linn tú a chur amach as Éirinn."

"Tá cead agam fanacht anseo. Thug an Rialtas tearmann dom. Is cáiníocóir mé. Íocaim do thuarastal. Is saoránach mé. Anois – gabh mé nó lig dom. Ach déan socrú anois. Am dinnéir atá ann. Ba mhaith liom bia a thabhairt do m'iníon."

"Ligfidh mé duit. Ach freagair an cheist seo. Cérbh é an fear sin?"

D'amharc Marika ar Phaloma. "Taibhse," a dúirt sí. Thiontaigh sí thart agus chuaigh sí isteach ina carabhán féin.

D'fhill Paloma ar an charr. Bhí sí míshuaimhneach faoin mhéid a chonaic sí. Ní bhfuair sí na freagraí a bhí uaithi. Bhí sí míshásta faoi sin. Ach bhí sí tuirseach agus bhí sí fliuch go craiceann. Thiocfadh sí ar ais amárach agus bheadh comhrá eile aici le Marika.

"Cérbh é fear na féasóige?" a smaoinigh sí. Chuir an fear sin míshuaimhneas mór uirthi. Bhí sí cinnte de rud amháin: bhí fear na féasóige contúirteach.

Sea. Thiocfadh sí ar ais amárach agus gheobhadh sí freagraí.

tearmann – *sanctuary*   tuarastal – *salary*
cáiníocóir – *taxpayer*   saoránach – *citizen*

Caibidil a Cúig

Fuadach

Nod don léitheoir: Tugann Paloma cuairt ar mháistir scoile. Tá cuidiú de dhíth uirthi

An Sáirsint Ó Ceallaigh a mhol do Phaloma labhairt le Séamus Mac Dónaill. "Tá aithne aige ar gach duine sa cheantar. Agus is fear maith é. Bíodh muinín agat as. Má tá eolas de chineál ar bith de dhíth ort, beidh sé ag Mac Dónaill," a dúirt sé.

Séamus Mac Dónaill an t-ainm a bhí air ó cheart ach thug gach aon duine den phobal "An Máistir" air. Bhí sé i mbun na scoile go dtí gur druideadh í. Rugadh agus tógadh sa cheantar é. Rugadh agus tógadh a athair sa cheantar. Rugadh agus tógadh a athair mór sa cheantar.

Ba mhúinteoir é a athair mór. Ba mhúinteoir é a athair. Ba mhúinteoir é féin. Bhí fréamhacha sa cheantar aige ag dul siar céad go leith bliain. Bhí aithne aige ar na daoine agus bhí eolas aige ar an cheantar. Bhuail Paloma cnag ar an doras. D'fhan sí tamall. Bhuail sí cnag eile.

---

fuadach – *kidnapping*
fréamhacha – *roots*

Chuala sé duine éigin ag tarraingt ar an doras. D'oscail fear é. Bhí sé sna seascaidí. Bhí a cheann liath, bhí a shúile donn agus bhí spéaclaí air.

"Gabh mo leithscéal," a dúirt Paloma, "an tusa an Máistir Mac Dónaill?"

"Is mise an Máistir Mac Dónaill," a d'fhreagair sé, "agus is tusa an Garda Pettigrew."

"Tá aithne agat orm," a dúirt Paloma.

"Tá gach duine ag caint ort. An bhean óg dhathúil atá mar gharda anois againn. Ní raibh aithne agat ar an gharda bhí anseo romhat?"

"Ní raibh."

"Ba sheanduine duairc é. Is mór an difear idir tú agus é. Is mór an difear idir inniu agus inné, mar a deir siad. Gabh isteach agus bíodh cupán tae agat."

"Go raibh maith agat," a dúirt Paloma, "ach tá an-deifir orm. Dúradh liom go dtiocfadh leat cuidiú liom."

"Cad é an dóigh?"

"Tá aithne agat ar na teifigh?"

"Ní maith liom féin an focal "teifeach". Is daoine iad – cosúil leatsa, cosúil liomsa. Tá siad ag iarraidh slí bheatha nua a bhaint amach i dtír choimhthíoch," a dúirt an Máistir.

"Sea. Tuigim. Ach tá aithne agat orthu?" a dúirt Paloma.

D'fhreagair an Máistir í: "Is mise a múinteoir teangacha – Gaeilge agus Béarla. D'éirigh mé as an teagasc cúig bliana ó shin. Dhruid siad an scoil. Bhí an t-ádh orm. Caithim an lá anois ag léamh, ag scríobh agus ag siúl thart – má bhíonn an aimsir go deas," a dúirt an Máistir Mac Dónaill.

"Ach tá aithne agat ar na teifigh? Tá muinín acu asat. Molann gach aon duine ar an sráidbhaile an obair atá

dathúil – *attractive*

déanta agat leo."

"Déanaim mo dhícheall. Tá an mhúinteoireacht sa dúchas agam. Nó bhí. Ní dheachaigh duine ar bith de mo pháistí féin leis an mhúinteoireacht. Is dlíodóir í m'iníon agus is cuntasóir é mo mhac. Tá an t-airgead níos fearr. Bhí áthas orm beagán teagaisc a dhéanamh leo. Is maith liom cuidiú le daoine."

"An bhfuil aithne agat ar Mharika Kovac?"

"Tá aithne agam uirthi. Tá aithne mhaith agam uirthi. Níl rud ar bith cearr léi, an bhfuil?"

"Níl. Ba mhaith liom ceist a chur ort fúithi."

"Níl coir ar bith déanta aici, an bhfuil?"

"Níl. Bhí beagán trioblóide ar an láthair champála inné. Bhí sí ag achrann le fear féasógach. Ní raibh sí sásta a rá cad é a bhí cearr. An gcuideoidh tú liom fáil amach cad é atá cearr."

"Is bean iontach deas í Marika. Tháinig sí anseo ón Bhoisnia roinnt blianta ó shin. Bhí sí ag iompar clainne ag an am. Rugadh a hiníon anseo in Éirinn. Thug sí Aisling uirthi. Is cailín iontach deas í Aisling – cosúil lena máthair. Bhí Fraincis agus Gearmáinis ag Marika. D'fhoghlaim sí Gaeilge agus Béarla taobh istigh de bhliain. Tá sí iontach cliste. Is eolaí ríomhaireachta í. Oibríonn sí sa tseanscoil. Rinne an Rialtas ionad teicneolaíochta pobail de. Aistríonn Marika foirmeacha ón Fhraincis agus ón Ghearmáinis go Béarla agus Gaeilge. Oibríonn sí go crua. Tá an-mheas ag daoine uirthi," a dúirt an Máistir.

"Tuigim sin," a dúirt Paloma, "ach ní raibh sí sásta labhairt liom. Mothaím go bhfuil rud éigin cearr. Bhí Marika míshuaimhneach nuair a d'fhág mé í."

---

coir – *crime*

Thóg sé peann agus scríobh sé nóta beag.

"Bhí drochthaithí ag cuid mhór de na teifigh le póilíní ina dtíortha féin. Bíonn siad míshuaimhneach leo go minic."

"Tuigim sin. Sin an fáth ar tháinig mé anseo. Ba mhaith liom go dtiocfá liom. B'fhéidir go labhródh Marika leatsa. Ba mhaith liom fáil amach cad é atá cearr léi."

D'amharc an Máistir uirthi ar feadh tamaill. "Maith go leor. Rachaidh mé leat. Is cara mór de mo chuid í Marika. Níor mhaith liom go mbeadh aon imní uirthi. Fan bomaite beag. Scríobhfaidh mé nóta beag do mo bhean. Beidh sí ag teacht ar ais óna cuid oibre ar ball. Is altra í. Oibríonn sí seal na hoíche san otharlann in Áth na hAbhann."

Thóg sé peann agus scríobh sé nóta beag: "Ar shiúl leis an Gharda Pettigrew. Ná bíodh imní ort. Níl mé gafa. Beidh mé ar ais go luath."

Chuaigh an Máistir agus Paloma isteach sa charr. "Go raibh maith agat," a dúirt Paloma, "is mór an cuidiú é seo."

"Ná habair é. Is maith liom cuidiú le mo chairde. Tá an-ghean agam ar Mharika. Nuair a tháinig sí anseo ar dtús, ní raibh tada aici. Ach thóg sí saol di féin. D'oibrigh sí go crua. Tá meas ag daoine uirthi. Agus, ar ndóigh, rugadh a hiníon anseo. Táimid uilig an-bhródúil as Aisling bheag. Is duine dár bpobal í. Is duine dár bpobal í Marika."

Thiomáin Paloma síos an bóthar go gasta. Bhí deifir mhór uirthi. Bhí rud éigin contráilte. Bhí a fhios aici go raibh. Bhain sí Páirc an Aoibhnis amach go luath. Léim sí amach as an charr go tobann. Bhí an doras ar charabhán Mharika briste. Rith sí isteach sa charabhán. Scairt sí in ard a cinn. "Marika, Marika, an bhfuil tú anseo? An bhfuil tú anseo?"

Freagra ní bhfuair sí.

25

drochthaithí – *bad experience*
cad é atá cearr léi? – *what is wrong with her?*
altra – *nurse*

Caibidil a Sé

Cá bhfuil sí?

Nod don léitheoir: Tá Marika ar iarraidh. Cad é a tharla di?

Bhí Paloma ina seasamh sa charabhán. D'amharc sí thart. Bhí an áit trína chéile. Bhí éadaí agus leabhair ina luí ar an urlár. Bhí soithí briste ina luí ar an urlár. Bhí a fhios ag Paloma láithreach gur tharla rud éigin go dona anseo. Bhí imní mhór uirthi. Bhí Marika ag troid le fear inné. Arbh é an fear sin a rinne an praiseach seo? Agus cá raibh Aisling?

Tháinig an Máistir isteach. "A Dhia na glóire? Tá sé seo go dona. Tá an áit trína chéile. Is duine iontach néata í Marika. Bíonn an carabhán i gcónaí faoi réir aici. Cad é a tharla? Cé a rinne seo? Cá bhfuil Aisling?"

Bhí imní ina ghlór. Ní raibh sé sásta leis an mhéid a chonaic sé.

"Fuist bomaite," a dúirt Paloma. "Éist."

Chuir siad beirt cluas le héisteacht orthu féin. Chuala siad caoineadh ag teacht ó chófra. Chuaigh Paloma go

trína chéile – *upset*
soithí – *dishes*

chuir siad cluas le héisteacht orthu féin – *they listened attentively*

Bhí an cailín beag ina suí ar urlár an chófra agus í
ag caoineadh go ciúin.

dtí an cófra. D'oscail sí an doras go cúramach. Aisling a
bhí ann! Bhí an cailín beag ina suí ar urlár an chófra agus
í ag caoineadh go ciúin.

"Seo, seo, a stór. Tá tú ceart go leor. Tá cairde leat
anois," a dúirt Paloma. "Goitse amach as an chófra.
Goitse chugamsa."

Níor chorraigh Aisling.

"Tá eagla uirthi romhat," a dúirt an Máistir. "Níl
aithne aici ort. Fág seo fúmsa."

Chuaigh an Máisitir go dtí an cófra. "Aisling, a stór.
An Máistir atá ann. Tá aithne agat ormsa, nach bhfuil?
Ná bíodh imní ort. Is cairde muid. Tá muid anseo le
cuidiú a thabhairt duit."

D'ardaigh Aisling a ceann agus d'amharc sí ar an
Mháistir. Bhí sí ag caoineadh go fóill. Ach ba léir go raibh
aithne aici air. Stad sí den chaoineadh. Chuir an Máistir
a lámha amach chuici. D'amharc sí air uair amháin eile
agus chuaigh sí chuige.

"Tá tú sábháilte, a stór, tá tú sábháilte," a dúirt an
Máistir go cneasta. "Seo. Bíodh gloine uisce agat. Sin é.
Ól siar é. Anois. Stad den chaoineadh, a stór. Maith thú
féin. Tá gach rud i gceart. Tá tú sábháilte."

Chuir an Máistir Aisling ina suí ar chathaoir.
D'amharc sí thart go hamhrasach. D'amharc sí ar
Phaloma. Ní raibh Aisling ar a suaimhneas le Paloma.
Bhí amhras uirthi.

Labhair Paloma go ciúin cneasta léi. "Aisling, níl
aithne agat orm ach is cara mé. Paloma an t-ainm atá
orm. Bhí mé anseo inné. An cuimhin leat?"

"Is cuimhin liom," a dúirt an cailín beag go faiteach.

"Is garda mé agus tá mé anseo le cuidiú a thabhairt

goitse – *gabh anseo, come here*
go cneasta – *kindly*

duit. Cad é a tharla anseo? Cá bhfuil do mháthair?"

Bhí imní go fóill ar Aisling. "Ná bíodh imní ort, a Aisling," a dúirt an Máistir. "Tá Paloma anseo le cuidiú a thabhairt duit. Is cara í. Inis di cad é a tharla anseo inné. Cad é a chonaic tú?"

Labhair an cailín óg sa deireadh. Tháinig an chaint go stadach léi ar dtús. "Chuir mamaí sa chófra mé."

"Cad chuige?" a d'fhiafraigh Paloma.

"Dúirt sí gur cluiche a bhí ann."

"Cén sórt cluiche?" a d'fhiafraigh Paloma.

"Dúirt sí go raibh orm dul i bhfolach. Bhí fear na féasóige ag teacht. Cluiche a bhí ann. Bhí orm dul i bhfolach. Ní raibh mé le ligean d'fhear na féasóige mé a fheiceáil," a dúirt Aisling.

Fear na Féasóige. Bhí Marika ag argóint leis inné. Chonaic Paloma é. Ach cérbh é?

"Cé hé Fear na Féasóige?" a d'fhiafraigh sí d'Aisling.

"Níl a fhios agam. Dúirt mamaí liom dul i bhfolach. Dúirt sí liom gan trup a dhéanamh. Bhí callán mór ann. Chuala mé mamaí ag screadach. Chuala mé fear ag screadach fosta. Níor thuig mé iad. Ansin, bhí gach rud ciúin. Ní dheachaigh mé amach as an chófra. Dúirt mamaí liom dul i bhfolach."

"Maith thú," a dúirt Paloma. "Is cailín maith tú. Rinne tú mar a d'iarr do mháthair ort. Maith thú. An bhfaca tú rud ar bith eile?"

"Ní fhaca."

"Ar chuala tú rud ar bith eile?"

"Níor chuala. Bhí siad ag argóint agus bhí callán mór ann. Bhí sé dorcha sa chófra. Ní fhaca mé rud ar bith. D'fhan mé ciúin. Ach bhí eagla orm roimh an dorchadas."

go stadach – *haltingly*
dul i bhfolach – *to hide*

Thosaigh mé a chaoineadh," a dúirt Aisling.

"Ná bíodh imní ar bith ort. Is cailín an-chróga tú. Tá tú sábháilte," a dúirt Paloma.

"Cá bhfuil mo mhamaí?" a d'fhiafraigh Aisling den bheirt.

"Níl a fhios agam ach gheobhaidh Paloma amach," a dúirt an Máistir. "Ná bíodh imní ar bith ort. Anois ar mhaith leat dul ar turas? Ar mhaith leat dul go dtí mo theach agus greim le hithe a fháil? An bhfuil ocras ort?"

"Ba mhaith liom sin go mór. Tá ocras orm. An mbeidh mamaí ag teacht abhaile go luath?"a d'fhiafraigh Aisling.

"Tiocfaidh mamaí abhaile nuair a bheidh a cuid oibre déanta aici. Tar thusa liomsa agus beidh bricfeasta mór agat liomsa," a dúirt an Máistir.

"Fanfaidh mise anseo," a dúirt Paloma. "Cuirfidh mé ceisteanna ar na teifigh eile. B'fhéidir go bhfaca siad cad é a tharla."

"Bí cúramach," a dúirt an Máistir, "Tá eagla orthu roimh phóilíní. Bhí drochthaithí ag mórán acu ina dtíortha féin. Ná bíodh iontas ort mura labhraíonn siad go hoscailte leat."

"Tuigim sin ach déanfaidh mé mo dhícheall. Caithfidh mé fáil amach cad é a tharla anseo."

Caibidil a Seacht

Cuidiú de dhíth

Nod don léitheoir: Tá cuidiú de dhíth ar Phaloma. Níl na teifigh sásta labhairt léi.

Bhí Paloma ina suí sa charr. Bhí sí míshásta. Bhí sí mífhoighneach. Bhí sí tar éis dul thart ar gach carabhán a bhí ann. Bhuail sí cnag ar gach doras. Chuir sí an cheist chéanna ar gach duine a d'oscail an doras di: "An bhfaca tú cad é a tharla don bhean óg? Ar chuala tú clampar ar bith?" Agus fuair sí an freagra céanna gach uair a chuir sí an cheist: "Ní fhaca mé tada. Níor chuala mé faic."

D'impigh sí ar dhaoine cuidiú léi: "Éist. Tá mé anseo le cuidiú. Ná bíodh eagla ort." Ach bhí eagla orthu. Chonaic Paloma an eagla agus an éiginnteacht i súile na ndaoine. Ní labhródh siad léi. Chonaic siad an éide ghorm agus d'éirigh siad faiteach. "Ní fhaca mé tada. Níor chuala mé faic."

D'fhill Paloma ar an charr. Bhí drochspionn uirthi. Bhí na teifigh seo chomh bómánta sin. Bhí siad chomh

---

d'impigh sí – *she implored*
éiginnteacht – *uncertainty*

faiteach – *nervous*
drochspionn – *bad mood*

"Ní fhaca mé tada. Níor chuala mé faic".

héigiallta sin. An é nár thuig siad go raibh sí anseo le cosaint a thabhairt do dhaoine?

Chonaic sí an Máistir ag tarraingt ar an charr. Chroith sé a lámh san aer léi agus rinne sé miongháire. Ní raibh fonn miongháire ar Phaloma. Lig sí isteach sa charr é.

"Cad é mar atá Aisling?" a d'fhiafraigh sí.

"Tá sí go maith. Tá sí ag súgradh le mo gharpháistí faoi láthair. Bhí eagla mhór uirthi ach tá sí ag teacht chuici féin. Fanfaidh sí linne inniu, is é sin, mura dtagann a máthair ar ais. Beidh sí ceart go leor. Cad é mar a d'éirigh leat féin? An bhfuair tú eolas ar bith?" a dúirt an Máistir go fiosrach.

"Níor éirigh go maith liom agus ní bhfuair mé eolas ar bith. Ní fhaca duine ar bith tada. Níor chuala duine ar bith faic. Nó sin a deir siad uilig. Ní chreidim iad. Chonaic siad cad é a tharla. Tá mé cinnte de. Níl fonn orthu cuidiú liom," a dúirt Paloma go feargach.

"Shíl mé go mbeadh deacrachtaí agat. Caithfidh tú iad a thuigbheáil. Theith na daoine seo ó thíortha éagsúla. Ach tá rud amháin fíor faoin iomlán acu – níl muinín acu as na póilíní. Tá sé intuigthe ar bhealach. D'fhulaing cuid acu go mór ag lámha na bpóilíní. Chuala mé scéalta uafáis nach gcreidfeá. Ní hiontas é go mbeadh drogall orthu labhairt leat. Feiceann siad an éide ghorm agus buaileann eagla iad."

"Go raibh maith agat as an cheacht síceolaíochta," a dúirt Paloma go searbh, "ach ní cuidiú ar bith dom é. Tá eolas de dhíth orm. Tá eolas de dhíth orm go práinneach."

Lig an Máistir osna. "Tá brón orm. Níl mé ag fáil locht ort. Tuigim gur póilín gairmiúil tú. Éist. Lig domsa dul isteach. Tá aithne agam orthu uilig. B'fhéidir go

---

theith siad – *they fled*
d'fhulaing siad – *they suffered*

ceacht síceolaíochta – *a psychology lesson*
go práinneach – *urgently*

labhródh siad liomsa. Is cara dá gcuid mé. Tá muinín acu asam."

Rinne Paloma a machnamh ar a ndúirt an Máistir. Bhí ciall leis. Bhí an ceart aige. Ní raibh aithne ag na teifigh uirthi. Ní raibh muinín acu aisti. Thuig sí go mbeadh drogall orthu labhairt léi. Ní raibh an dara suí sa bhuaile aici. Bheadh uirthi cuidiú a fháil ón Mháistir.

"Ceart go leor. Fanfaidh mise anseo. Gabh thusa agus cuir ceist orthu," a dúirt sí sa deireadh.

"Go maith."

D'éirigh an Máistir as an charr agus chuaigh sé síos go dtí na carabháin. D'fhan Paloma léi féin sa charr agus rinne sí a machnamh ar an chás. Bhí drochspionn uirthi go fóill agus bhí sí míshásta. Ba chóir go mbeadh sí i mBaile Átha Cliath go fóill. Ba chóir go mbeadh sí fós ina bleachtaire. Ní bhfuair sí cothrom na Féinne. Níor leor do bhean bheith maith mar bhleachtaire; b'éigean di bheith céad uair níos fearr ná na fir. Agus seo anois í, ruaigthe go stáisiún iargúlta, ag déileáil le teifigh nach raibh ag iarraidh a cuidiú.

Sa deireadh, chonaic sí an Máistir ag teacht ar ais. Bhí aoibh air. Caithfidh go raibh eolas aige.

"Bhuel, cad é a chuala tú?" a d'fhiafraigh Paloma go giorraisc.

"Fear a bhí ann. Fear na Féasóige a thug siad air. Thóg sé Paloma amach as a carabhán agus chuir sé isteach i gcarr í. Carr bán a bhí ann ach ní heol dóibh cén cineál. D'imigh sé amach as an láthair champála faoi luas."

"Nár chuidigh duine ar bith léi? Nár thuig siad go raibh rud éigin contráilte?"

"Thuig. Ach bhí eagla orthu. Dúirt mé leat cheana é –

cothrom na Féinne – *fair play*
ruaigthe – *chased*
iargúlta – *remote*

bhí aoibh air – *he was smiling*
go giorraisc – *abruptly*
contráilte – *wrong*

bhí drochthaithí ag cuid mhór acu ina dtíortha féin."

"Ní leithscéal ar bith é sin," a dúirt Paloma go feargach. "Bhí cuidiú de dhíth ar Mharika. Dá dtabharfadh siad cuidiú di, bheadh sí sábháilte. Dá seasfadh an pobal le chéile, ní tharlódh rudaí mar seo."

"Sin dearcadh amháin. Ach tá eagla ar na daoine seo. Tá siad ag iarraidh bheith beo i dtír nach gcuireann fáilte rompu. Níl siad ag iarraidh aird a tharraingt orthu féin. Níl siad ag iarraidh trioblóid a tharraingt orthu féin," a dúirt an Máistir go foighdeach.

Mhothaigh Paloma go raibh sí ar ais ar scoil. Bhí sí ag tabhairt freagraí contráilte ar na ceisteanna agus bhí an múinteoir á ceartú.

"Tuigim. Níl neart air anois. An bhfaca duine ar bith cá raibh an gluaisteán ag dul?"

Dhírigh an Máistir a mhéar i dtreo na gcnoc. "Isteach sna sléibhte," a dúirt sé. "Níl ann ach an t-aon bhóthar amháin ann. Deirim "bóthar" ach is cosán é i ndáiríre. Téann sé siar isteach sna sléibhte. Tagann sé amach ar an taobh thall de na cnoic."

"An bhfuil rud ar bith thuas ansin?"

"Caoraigh, gabhar nó dhó agus tithe samhraidh. Níl mórán daoine ina gcónaí ann níos mó. Bíonn cuid mhór coisithe ann sa samhradh. Siúlann siad na cnoic ar a suaimhneas. Ach an t-am seo bliana, ní bhíonn duine ar bith ann. Tá sé rófhuar, rófhliuch agus ró-uaigneach."

"Rachaidh mise suas," arsa Paloma go gasta.

"Ní féidir leat dul leat féin. Rachaidh tú ar strae," a dúirt an Máistir go himníoch.

"Rachaidh mé. Tá cuidiú de dhíth ar Mharika. Cuirfidh mé fios ar na gardaí eile in Áth na hAbhann. Tig leatsa treoir a thabhairt dóibh. Ach níl mise ag fanacht."

"Ní fada go mbeidh sé ag dul ó sholas. Ní mhaireann an lá rófhada an t-am seo bliana. Agus nuair a imíonn an solas, éiríonn sé contúirteach, an-chontúirteach."

"Tá mé ag dul suas sna cnoic agus sin a bhfuil de. Ní fiú duit bheith ag argóint liom. Is duine iontach dáigh mé."

D'amharc an Máistir uirthi. Ba léir go raibh Paloma lán dáiríre.

"Maith go leor. Ach bí cúramach."

dáigh – *stubborn*
dáiríre – *serious*

Caibidil a hOcht

Ar Strae

Nod don léitheoir: Tá Paloma ar lorg Marika, ach téann sí ar strae sna sléibhte

Bhí an ceart ag an Mháistir. Bhí sí caillte. Chuaigh sí ar strae. Lig Paloma mionn mór óna béal: "Scrios orm." Bhí sí míshásta léi féin. Shíl sí go dtiocfadh léi a bealach a dhéanamh gan deacracht. Ní raibh an ceart aici. Bhí an bóthar ceart go leor ar feadh tamaill ach, go tobann, d'imigh sé. Ní raibh fágtha ach cosán beag le tarmac air.

Agus bhí sé ag dul ó sholas fosta. Bhí soilse an chairr lasta ag Paloma. D'amharc sí amach go himníoch ar an cheantar thart uirthi. Cá raibh sí anois? Ba dheacair rud ar bith a fheiceáil anois. Clapsholas a bhí ann. Ní raibh solas an lae imithe ar fad agus ní raibh dorchadas na hoíche tagtha go fóill. Bhí gach rud liath anois.

D'amharc sí ar an léarscáil a bhí aici. Bhí na mionbhóithre marcáilte air ach ba bheag an cuidiú é. Ní thiocfadh léi a dhéanamh amach cá raibh sí. An ndeachaigh sí ar dheis nuair ba chóir di dul ar chlé? An ndeachaigh sí ar chlé nuair a ba chóir di dul ar dheis? Ní thiocfadh léi a rá. Ach bhí sí cinnte de rud amháin - bhí sí caillte, go huile agus go hiomlán.

Ní raibh mórán le feiceáil thuas sna sléibhte. Áit iontach uaigneach a bhí ann. Bhí portach ann, screabán, lochanna beaga uisce. Bhí corrchrann ann thall is abhus ach bhí siad buailte síos ag an ghaoth. Bhí an ghaoth ag séideadh go láidir faoin am seo. Mhothaigh Paloma an ghaoth ag bualadh an chairr. Dá mbrisfí an carr, bheadh sí i bponc.

Bhí sé ag éirí níos dorcha fosta. D'imigh solas an lae diaidh ar ndiaidh. Chuir an dorchadas imní uirthi. Bhí sí cleachtaithe le bheith ag obair sa chathair. Níor chuir sé aon imní uirthi coirpigh a leanúint trí shráideanna gruama na cathrach ar uair an mheán oíche féin. Ach scéal eile ar fad a bhí anseo. Ní raibh sí ar a suaimheas faoin tuath. Ní raibh sí ar a suaimhneas leis na fuaimeanna aisteacha a chuala sí. B'fhearr léi fuaimeanna na cathrach – trup na gcarranna; daoine ag caint; madraí ag tafann.

Ní raibh na fuaimeanna sin le cluinstin anseo. Bhí gach rud chomh ciúin sin. Bhí éin le cluinstin go fóill beag agus bhí siadsan ag éirí tostach fosta. Ní raibh aon duine le cluinstin; ní raibh aon teach cónaithe le feiceáil ach an oiread. Bhí ballóga le feiceáil thall is abhus. Chuir na ballóga féin iontas ar Phaloma. Cá raibh na daoine a rinne cónaí iontu anois? An ndeachaigh siad go dtí an baile mór nó níos faide ar shiúl b'fhéidir? An raibh siad ina gcónaí i Nua Eabharc, seandaoine ag cuimhneamh siar ar a n-óige, ar a muintir féin?

Chuir na ballóga cumha ar Phaloma. Bhí ar na daoine sin a dtithe féin a thréigean le dul a chónaí i dtíortha

portach – *bog*
screabán – *stony patch of land*
diaidh ar ndiaidh – *gradually*
coirpigh – *criminals*

ag tafann – *barking*
ballóga – *ruins*
cumha – *sadness*
a thréigean – *to desert*

coimhthíocha. Bhí orthu slí bheatha a bhaint amach i measc strainséirí. Ar chuir na strainséirí sin fáilte roimh na hÉireannaigh bhochta seo? Is cinnte nár chuir gach duine acu. Is cinnte go raibh ar na teifigh Éireannacha seo cur suas le maslaí agus le heasurraim.

Ach cad é an rogha a bhí acu? Ní thiocfadh leo fanacht sa bhaile. Thug an Gorta Mór orthu teitheadh. Ní raibh bia ar bith le fáil acu. Gheobhadh siad bás den ocras dá bhfanfadh siad. Thug easpa airgid agus talaimh orthu dul ar imirce. B'éigean dóibh bheith beo. B'éigean dóibh bia a chur ar fáil dá bpáistí. Ba dhaoine cróga iad. D'fhág siad a mbailte féin agus chuaigh siad sa seans i dtír eile. B'éigean dóibh slí bheatha a thógáil as an úr. Caithfidh go raibh sé deacair.

Ach rinne siad é. Bhí misneach acu. Bhí clú agus cáil ar Ghael-Mheiriceánaigh anois. Leoga, nár éirigh le mac teifigh – John F. Kennedy – bheith ina uachtarán ar Stáit Aontaithe Mheiriceá? Thiocfadh le teifigh saol úr rathúil a thógáil – ach deis a fháil.

Ní bhfuair gach Éireannach deis gan amhras. Bhí Éireannaigh gan chlú curtha in uaigheanna ar fud an domhain. Ní raibh de chuimhne orthu anois ach na ballóga a d'fhág siad ina ndiaidh. Cén sórt daoine iad? Daoine cróga. Daoine a rinne a ndícheall, a smaoinigh Paloma.

Ní raibh solas ar bith fágtha sa spéir. Bhí an oíche ann. Thit na ballóga isteach sa dorchadas mar a bheadh longa ag dul go tóin na farraige. Ní raibh de chuideachta ag Paloma anois ach an dorchadas agus taibhsí.

Lig sí mionn mór arís. Bíodh ciall agat, a dúirt sí léi féin. Tóg go réidh é. Níl a leithéid de rud ann agus taibhse. Tá raidió agat; tá lóchrann agat. Más gá,

---

easurraim – *disrespect*
dul ar imirce – *to emigrate*
uaigheanna – *graves*

cróga – *brave*
taibhsí – *ghosts*

Mhothaigh sí bairille gunna
ina droim.

stopfaidh mé agus fanfaidh mé le breacadh an lae. Níor chóir go mbeadh sé rófhuar.

Ach cad é faoi Mharika? Sin an cheist a chuir sí uirthi féin. Cad é faoi Mharika agus Fear na Féasóige? Dá stopfadh sí agus fanacht le breacadh an lae, bheadh oíche iomlán ag Fear na Féasóige le Marika. Cá bhfios cad é a dhéanfadh sé? Cá bhfios cá rachadh sé? Ní thiocfadh léi stopadh, a smaoinigh sí, ní thiocfadh léi. Dá dtarlódh rud ar bith do Mharika, ní mhaithfeadh sí di féin go deo.

Lean Paloma dá turas. Thiomáin sí go fadálach cúramach. Go tobann, chonaic sí solas. Cad é sin? Teach? Sea, teach a bhí ann. Thiocfadh léi treoir a fháil ó mhuintir an tí. Thiocfadh léi fios an bhealaigh a fháil. Bhí faoiseamh ar Phaloma. Mhothaigh sí go raibh an t-ádh léi don chéad uair ó tháinig sí go dtí an Bealach Caol. Teach agus daoine, comhairle a leasa.

Thiomáin sí ar aghaidh go dtí an teach. Stop sí agus d'éirigh sí amach as an charr. Thóg sí a tóirse. Bheadh sé iontach furasta titim sa dorchadas. Bhuail sí cnag ar an doras agus d'oscail bean óg é. Ní raibh aon solas i halla an tí. Ní thiocfadh le Paloma aghaidh na mná a dhéanamh amach. Ach rith sé le Paloma go raibh sí feicthe aici roimhe seo.

"Gabh mo leithscéal," a dúirt Paloma. Ach stad sí. Reoigh na focail ina béal. Marika a bhí ann. Ach má bhí Marika os a comhair cá raibh Fear na Féasóige? Níorbh fhada go bhfuair sí freagra. Mhothaigh sí bairille gunna ina droim. "Fáilte romhat, a gharda, gabh isteach," a dúirt Fear na Féasóige.

Bhí a ghlór cadránta crua. Bhí a fhios ag Paloma go raibh sí i bponc – arís eile.

breacadh an lae – *dawn*
ní mhaithfeadh sí di féin – *she wouldn't forgive herself*
treoir – *direction*
faoiseamh – *relief*
reoigh – *froze*
cadránta – *hard-hearted*

Caibidil a Naoi

Dúnmharú

Nod don léitheoir: *Tá Paloma i bponc. Tá Marika faighte aici. Ach tá sí gafa ag Fear na Féasóige*

Bhí Paloma agus Marika ina suí sa chistin. Bhí Fear na Féasóige ina sheasamh os a gcomhair. Bhí gránghunna ina lámha aige. Bhí fuinneog sa chistin briste agus píosaí gloine ina luí ar an urlár. Ba léir gur bhris Fear na Féasóige isteach sa teach. Bhí cathaoir in éadan an doras cúil. Ní thiocfadh léi éalú amach an doras sin. Bheadh uirthi bealach eile a fháil – go luath!

Bhí an chuma ar an chistin go raibh Fear na Féasóige ag ullmhú a dhinnéir nuair a tháinig Paloma go dtí an teach. Bhí ispíní, muiceoil, uibheacha agus bainne ar an tábla. In aice leo sin, bhí friochtán mór trom.

Fear na Féasóige a labhair ina ghlór garbh: "Is trua gur tháinig tú inár ndiaidh. Is mór an trua gur tháinig tú inár ndiaidh. Beidh brón ort faoi sin."

Bhí bagairt sa ghlór a d'aithin Paloma. Níorbh aon

dúnmharú – *murder*
gránghunna – *shot-gun*
friochtán – *frying-pan*

óinseach í. Thuig sí nach ligfeadh Fear na Féasóige a beo léi. Tháinig sí le cuidiú a thabhairt do Mharika. Anois, bhí sí féin i bponc. Ach bhí misneach agus traenáil aici. Bíodh ciall agat, a smaoinigh sí, ná lig don scaoll an lámh in uachtar a fháil ort.

D'amharc Paloma go grinn ar Fhear na Féasóige. Bhí sé beag go leor, níos lú ná Paloma féin. Ach bhí sé ramhar fosta. Bhí a cheann agus a fhéasóg dubh lá den saol. Anois, ámh, bhí ribí liatha go sonraíoch iontu. Ach ba iad na súile a chuir isteach ar Phaloma. Bhí nimh sna súile sin. "Duine cruálach," a smaoinigh Paloma.

Labhair sí go dalba leis. "Tá tusa i dtrioblóid mhór, a dhuine. Is garda mé. Tá mo chomhghleacaithe sa tóir orm. Ní fada go mbeidh siad anseo. Tá sé chomh maith agat géilleadh anois."

Rinne Fear na Féasóige gáire mór fada buach. "Is maith liom go bhfuil tú cróga. Ach níl mise bómánta. Níl duine ar bith sa tóir ort. Ní thiocfaidh duine ná deoraí an bealach seo idir seo agus maidin. Má thagann siad amárach, beidh mise ar shiúl. Níl eagla ar bith ormsa roimh na sléibhte. Tógadh mé i dtír le sléibhte a bhí níos airde agus níos contúirtí ná na cinn seo."

Marika a labhair anois. "Sea. Tógadh. Agus mharaigh tú daoine gan trócaire sna sléibhte céanna. Bhí fearg ina glór agus í ag caint. D'amharc Fear na Féasóige uirthi. Bhí fearg an domhain air. "Éist do bhéal," a dúirt sé go giorraisc. "Bhí cogadh ar siúl. Tarlaíonn na rudaí seo i gcogadh."

"Éist leis," a dúirt Marika, "cogadh. Cad é an cogadh a chuir seanmhná, seanfhir agus páistí ort? Mharaigh tú daoine mar gheall ar a gcreideamh. Mharaigh tú daoine

dúnmharú – *murder*
gránghunna – *shot-gun*
friochtán – *frying-pan*
an lámh in uachtar – *the upper hand*

cruálach – *cruel*
comhghleacaithe – *companions*
géilleadh – *surrender*

"Is trua gur tháinig tú inár ndiaidh. Is mór an trua gur tháinig tú inár ndiaidh. Beidh brón ort faoi sin".

gan urchóid. Is ainmhí tú."

D'ardaigh Fear na Féasóige an gránghunna. Bhí eagla ar Phaloma go scaoilfeadh sé Marika. Labhair sí go gasta. "Ná déan é. Fan ort. Cé tú féin? Cad é atá i gceist ag Marika?"

Ní raibh druid ar bhéal Mharika. Labhair sí arís go tapa. Ní raibh eagla uirthi roimh an fhear seo. "Is dúnmharfóir é. D'aithin mé é nuair a tháinig sé go Páirc an Aoibhnis. Mharaigh sé daoine sa Bhoisnia. Thóg sé na daoine amach as an sráidbhaile. Níor tháinig siad ar ais. Chuaigh mise i bhfolach sa teach. Ach thóg siad m'fhear céile. Bhí aithne ag an fhear seo air. Ba chairde iad lá den saol. Ba chomharsa dár gcuid é. Rinne sé feall orainn."

"Ba shaighdiúir mé," a scread Fear na Féasóige, "ba shaighdiúir mé. Bhí orduithe agam. Bhí mé ag cosaint mo phobail féin. Ní raibh rogha ar bith eile ann. B'éigean dom troid. Agus tá mé bródúil gur throid. Agus ná bíodh imní ar bith ort faoi d'fhear céile. Ní fada go mbeidh tú ina chuideachta."

Bhain an abairt dheireanach preab as Marika. Stad sí agus chlaon sí a ceann síos. Shíl Paloma go raibh sí ar tí caoineadh. Ach nuair a d'ardaigh sí a ceann arís bhí a súile tirim. Labhair sí agus pian fhuar ina glór.

"Tá a fhios agam go bhfuil sé marbh. Bhí a fhios agam é ón chéad bhomaite a thóg tú amach as an teach é. Guím ar a shon gach lá. Smaoiním air gach lá. Bhain tú díom an duine ba thábhachtaí i mo shaol. Ach bhí iníon agam leis. Tá sí sábháilte sa tír seo. Ní bhfaighidh tusa do chrúba uirthi. Maireann grá a hathar inti. Bródúil? Tá tú bródúil as gach rud a rinne tú? Tá tú bródúil as seandaoine a mharú; tá tú bródúil as páistí a mharú? Nach deas an

dúnmharfóir – *murderer*   bain preab as – *startle*
comharsa – *neighbour*   chlaon sí – *she bent*
rinne sé feall orainn – *he betrayed us*

leithscéal agat é? Ba shaighdiúir mé. B'ainmhí tú. Is ainmhí tú."

Phléasc Fear na Féasóige. Thosaigh seisean agus Marika ag screadach ar a chéile. Chonaic Paloma go raibh deis aici anois. Bhí aird an fhir ar Mharika. Ní raibh aird dá laghad aige ar Phaloma. Shín sí amach a lámh agus fuair greim ar an fhriochtán. Thóg sí é go tapa agus chas sí thart é. Chonaic Fear na Féasóige an friochtán as cúinne a shúl. Thiontaigh sé thart. Rómhall. Bhuail Paloma ar chlár a éadain é. Rinne an friochtán fuaim dhomhain tholl ar chloigeann Fhear na Féasóige. Thit sé ina chnap ar an urlár.

"Bon appetit," a dúirt Paloma. Bhí an ghéarchéim thart.

phléasc sé – *he exploded*
toll – *deep, hollow (of sound)*
géarchéim – *crisis*

Caibidil a Deich

An Deireadh?

Nod don léitheoir: Tá rogha le déanamh ag Paloma. An bhfillfidh sí ar Bhaile Átha Cliath nó an bhfanfaidh sí ar an Bhealach Caol?

D'fhan Paloma ina leaba. Bhí sí te teolaí faoi na clúideanna. Chuala sí fearthainn ar an fhuinneog amuigh. Lá fliuch fuar geimhridh a bhí ann. Ní raibh deifir ar bith uirthi éirí. Bhí lá saoire aici. Thiocfadh léi fanacht sa leaba an lá ar fad dá mba mhian léi é. Bhí sí tuirseach agus bhí sos mór fada tuillte aici.

Níor stad sí ó gabhadh Fear na Féasóige. Cheangail Marika agus í féin é agus chuir siad fios ar an Mháistir. An mhaidin dár gcionn, thiomáin siad ar ais go dtí an Bealach Caol agus Fear na Féasóige faoi ghlas i gcófra an chairr. Bhí sé ar mire - ach bhí sé gafa.

Bhí an Sáirsint Ó Ceallaigh ag fanacht léi. Ní raibh sé róshásta faoin mhéid a bhí déanta aici. Leoga, bhí sé le ceangal. "Thiocfadh leis tú a mharú. Thiocfadh leat bheith ar strae sna sléibhte go fóill," a dúirt sé.

teolaí – *cosy, comfortable*

Rinne Paloma leithscéal leis. Mhínigh sí dó cad é a tharla. Sa deireadh, thost Ó Ceallaigh. "Bhí tú cróga. Admhaím é sin. Ach ní fiú bheith cróga mura mbíonn tú ciallmhar," a dúirt sé. Ghealaigh sé, áfach, nuair a fuair sé amach go raibh coirpeach cogaidh faighte aici. Bheadh cuma mhaith ar an scéal sin thuas i mBaile Átha Cliath.

Rinne gach duine comhghairdeas le Paloma. Bhí siad bródúil aisti. Nuair a chonaic Aisling a máthair arís, rith sí chuici. Shnaidhm siad iad féin ina chéile. Bhí an-bhród ar Phaloma. Thug sí cuidiú dóibh agus bhí siad sona sásta anois. Chaith sí an lá sin ag líonadh isteach foirmeacha agus cáipéisí. Obair thuirsiúil leadránach a bhí ann. "Obair bhaile," a thug an Sáirsint air. Bhí an ceart aige. Ní raibh spraoi ar bith leis na foirmeacha ach ba ghá an obair a dhéanamh. Faoin am ar chríochnaigh sí, fuair sí scairt teileafóin ó Bhaile Átha Cliath. A hiarchigire a bhí ann.

"Creidim go bhfuil comhghairdeas ag dul duit. Tá an fear a ghabh tú le cur anonn chun na hÍsiltíre. Cuirfear triail air thall. Is drochdhuine amach is amach é. Tá na húdaráis idirnáisiúnta sa tóir air le tamall mór fada. Rinne tú obair mhór. Tig leat teacht ar ais anseo anois más mian leat. Sílim go bhfuil do cheacht foghlamtha agat."

Bhí áthas ar Phaloma. Ar ais go Baile Átha Cliath. Ar ais mar bhleachtaire. Ach rinne sí machnamh ar an scéal arís. Ní raibh an Bealach Caol chomh holc sin. Bhí aithne aici ar Mharika agus ar an Mháistir. Bhí an tírdhreach go hálainn. B'fhéidir gur chóir di fanacht.

Chuir sí iontas uirthi féin nuair a dúirt sí: "Go raibh maith agat. Déanfaidh mé mo mhachnamh ar do thairiscint." Bhí iontas an domhain ar an chigire. "Bíodh

comhghairdeas – *congratulations*   cuirfear triail air – *he will be tryed*
leadránach – *boring*   tírdhreach – *landscape*

Bheadh sé deas dul ag rothaíocht sna sléibhte.

agat," a dúirt sé go borb. Chroch sé an teileafón.

Thiontaigh Paloma thart sa leaba. Bhí deireadh leis an fhearthainn. Ach bhí sí idir dhá chomhairle. Ar chóir di dul ar ais go Baile Átha Cliath? Ar chóir di fanacht anseo? Bhí an ceantar go hálainn. Bheadh sé deas dul ag rothaíocht sna sléibhte.

D'éist sí leis na héin a bhí ag canadh amuigh. Chuir na héin iontas uirthi. Bhí an oiread sin acu ann. D'aithin sí an lon dubh agus an smólach. Ach bhí cinn níos lú ná sin ann – iad chomh ceolmhar céanna leis na héin mhóra. Chuir an dreoilín iontas an domhain uirthi. B'éan beag bídeach é ach bhí ceol aige nach gcreidfeá. "Ceannóidh mé leabhar," a smaoinigh sí. "Beidh am agam staidéar a dhéanamh orthu anois."

Bhí a rogha déanta aici. Mhothaigh sí sásta. D'fhanfadh sí.

machnamh – *reflection*
lon dubh – *blackbird*
smólach – *thrush*
dreoilín – *wren*